五行歌

無櫂の旅

宋 在星

東方出版

きらめく在日の詩魂の輝き

京都大学名誉教授
文学博士　上田正昭

この歌集『無檤の旅』は、一九九六年十一月に刊行された第一詩集『血の鋳』につづく、一九五〇年から二〇〇七年にかけての五行歌の結晶である。たんなる叙情詩でもなければ、たんなる叙事詩でもない。それらの詩歌のひびきには、在日七十余年の辛苦と希望、悲痛と公憤、夢とロマンが交錯する。

『血の鋳』の〝あとがき〟で、「未だ物心もつかない幼い頃、母の背中に負われて玄海灘を渡った」以来の原風景が、その後の人生の心のなかにひろがってゆくありようが述べられているが、その「恨《ハン》」が父母の「恨」に重なり、民族の「恨」へとつながる。

作者の心の疼《うず》きは、辛辣な時評となり、鋭い風景描写となり、さらに哀愁と痛恨の望郷へと展開する。近江の百済寺や白髭《しらひげ》の白浪の社《やしろ》そして斑鳩《いかるが》の里や朝鮮通信使の旅路など、その心象風景が、在日詩人の五行歌のなかに浮かびあがる。

小学校四年生のおりに、朝鮮人の児童張永基《チャンヨンギ》君が編入学してきて同級生となった。クラスの仲間はヨンギーちゃんとよんでいたが、年は二つばかり上であった。いじめられているヨンギーちゃんを助けて味方したのが機縁となって、仲よしとなった。永基《ヨンギ》君は小学校卒業後、商業学校へ進学したが、帰国して朝鮮戦争のおりに戦死したと聞いている。

一九五〇年の九月、京都府立鴨沂高等学校三年十一組のクラス担任になった。在日の生徒金《キム》鐘振《ジョンジン》君の家庭を訪問してはげましたことがある。そのおりに金君が行李のなかから赤茶けた写真をとりだした。それは三・一独立運動（万歳事件）の銃殺の写真であった。この写真とのであいから、在日の問題とかかわりあうようになる。季刊雑誌『日本のなかの朝鮮文化』を創刊し、高麗美術館を創設した鄭詔文《チョンヂョムン》さんとのまじわりも、その延長線上に位置する。

二〇〇七年は、慶長十二年（一六〇七）の第一回朝鮮通信使の来日から数えて、記念すべき四〇〇年となる。その十一月六日には、京都市東山の鼻塚（耳塚）で、民団・総連そして京都市国際交流協会によるはじめての合同慰霊供養があった。そして同月の二十四日には、〝鼻塚（耳塚）から朝鮮通信使へ〟のシンポジウムが実施された。その実行委員会の代表世話人をつとめられたのが詩人宋在星《ソンジェソン》さんである。

在日の人びとは二重・三重の差別の壁のなかで懸命に生きている。しかし在日の人びとには、国境やイデオロギーを越えた、在日でなければできない役割と力量がひそむ。五行歌『無馗の旅』は、在日の文学史に一ページを加える民族の詩歌のひとつである。その詩魂のひびきは、在日の多くの人びとの胸に、又、日本の人々の心に、熱くこだまするにちがいない。

「在日」を生きとおしてきた者の意地のリズム

詩人　金　時鐘

「五行歌」とは耳馴れない詩の形だが、音数律からして実質的には短歌と同じ詩形なのであろう。それにもかかわらず「五行歌」という独特の言い方に固執する著者には、短歌などとひと口でいってしまうには憚られる何かが、自己の内部に歌としてあるからであろう。つまり日本の国民詩ともいうべき短歌とは自《おのず》から違う歌を、その同じ形式の中で紡いでいるという著者の自負がいわしめている「五行歌」であるに違いない。

私とて日本の短詩形文学、とりわけ短歌とは心して距離を置くことで自分の詩を成り立たせているものである。それを知ってか、知らずか、著者の宋在星氏はその私にこの度の『五行歌　無馗の旅』への一文を頼んできた。初めての付き合いではあるが戦後この方七・五調の短詩形文学に勤《いそ》しみながらも、なお日本の短歌とは違う「五行歌」を標榜してきた宋在星氏の独特な歌へのこだわりが、いかにも一徹そうな氏の風貌と相俟って「在日」を生きとおしてきた者の意地のリズムを打ちつけている。歌の巧拙を超えて、母の背に負われて「曳かれ来」た在日老世代の、「在日」を生きてきた自負と嘆きと人生変転の苦い憤りとが尽きせぬ歌となって私を捉えた。

頭《づ》を砕《くだ》き
躰《み》は裂け切れて
歪《ゆが》みつつ
打ち込まれいく
赤松の杭

（「生様」より）

曳かれ来て
葦原《あしはら》の国
芽吹く種《たね》
無窮花《むくげ》か芥子《けし》か
いや桜よな

（「生様」より）

己《わ》が歌は
倭地《わち》に根付きし

彼岸花
怪《あや》しき彩《いろ》で
畦《あぜ》の隅《すみ》咲き

（「反骨」より）

言葉とは意識のことでもある。人は言葉に依って物事《ものごと》を自覚し、判断し、分析したり再総合したりする。暗闇の中の一点の灯《あかり》のように、言葉の及ぶ範囲が光の内《うち》なのである。宋在星氏も私と同じく、自己の意識は日本語でもって培われたはずである。

私は今もってその日本語から自由でない。解放まえの植民地統治下で身につけた宗主国の日本語が、今に至るも干渉がましく心情の機微には特に口ばしを入れてくる。日本語のもつその独特の情感で、私の感性を日本的自然主義美学に引き戻そうとするのである。ましてや日本人の心情の総和のようにも思われている伝統的短歌の、揺るがすべからざる心的秩序に逆らうかのような、ぎすぎすしい宋氏の歌ごころは換骨奪胎を目論むほどの異端の流露とさえいえなくもない。古典的語調が主調を成す「五行歌」ではあるが、抒情の質はけっして古びていない。短歌にありがちな味、詠嘆からはむしろ切れている。よほどの反骨が働いてなければ、短歌の改変は容易に口にできることではないのだ。私が一文を寄せる理由はそこにある。

〝美しい日本語〟の国民的規範は、日本の短詩形文学、短歌や俳句の音数律、七・五調の語韻がかもす律動のことだと、国民的基盤で諒解は早くから成り立っている。事実私とて、その短歌的抒情の音数律を生理感覚のように引きずっている「皇国臣民の世代」のひとりである。私にはまず、音節を七・五調に取り揃えようとする習い性が言葉の法則のように居坐っている。私の少年期の感傷や、それをロマンチシズムと受けとめた青春のはしりの多感な情緒は、皆がみな七・五調の韻律にかもしだされた情感の流露である。ために私には、韻を踏んだ音数律なくしては詩ではなかった。だからこそ日本語は美しい言葉なのだとしんそこ思ったものだった。私はその〝美しい日本語〟から切れることで自己の「解放」を目指し、宋在星氏はその美しい日本語の枠の中で、自分の思いのたけを、恨《ハン》や嘆きや自嘲めいた内省までをも自身に打ちつけてのたうっている。

曳《ひ》かれ来て
覚えし言葉
うたう唄
富士に桜に
軍歌と演歌
裂国《さこく》恋し
夢の山河よ

（「反骨」より）

古き地図
胸にしまいて
此処《こち》の肥土《ひど》なる

（「望郷」より）

七十《なそ》路坂《じ》
欲《ほ》し惑《まど》いて
矩踰《のりこ》えぬ
蓼虫《たでむし》喰《くら》いて
ああ竹の花

（「望郷」より）

私には縁遠いはずの短歌が、宋在星氏の五行歌は目がうるむほど身につまされてならない。本名をさらして「在日」を生き、裂かれた故国をなおさら慕い、世代推移の同化風潮に歯噛みしながらも日本を生きとおしてきた者どうしの共感が、まずあるにはある。だがそれ以上に、短歌の規範に身を打ちつけて詠《うた》っている、つまりは自分の歌に自分が傷を負うている宋氏の歌の真正直さがある。それが短歌そのものへの批評ともなって私に通じている。

私は若いときから「たった一行の血で綴られた詩もある。」と気負ってきたが、『五行歌　無媸の旅』は宋在星という男の波瀾の一生を集約した、ためにすぐれて在日史、文学史の歌ともなるただ一冊の五行歌集であるともいえようか。

目次

五行歌　無道の旅

望郷
ぼうきょう

この山河《さんが》
己《わ》が終《つ》い果ての
住処《すみか》なり
郷《さと》は一幅《いっぷく》の
名画となりて

嵯峨野夜《さがのよ》の
白い雪腐《ゆきふ》に
冷えし芯《しん》
湯気《ゆげ》に煙《けむ》りて
心を隠《かく》し

（'78・2）

治《おさ》まらぬ
病みにし母よ
七十路《なそじ》逝く
夜伽《よとぎ》に天《てん》は
恨《ハン》の雹《あられ》か

（'81・10）

庭にはびこる
蕺草《どくだみ》や
亡き母のごと
煎じくれよと
妻にねだれど

（'82・10）

妻は病《や》み
凍《い》てる冬至《とうじ》
小豆粥《あずきがゆ》
煮る己《わ》が手冷え
庭野菊《にわのきく》皙《しろ》し

（'85・12）

ペンペン草
浮く粥《かゆ》
泣きながら灼《た》く
母の夢視し
弥生《やよい》月の夜

（'87・3）

幾年《いくとし》も
母の味忘れし
キムチ
寒々と並びおり
スーパー棚《たな》に

（'89・1）

花炎樹《さくら》咲く
サイパン　誰《た》がため
死にし父
祭祀《チェサ》に哭き伏す
子ありて

（'89・5）

玄海灘
漁火《いさりび》の向うに
黯《くら》き故国《ふるさと》の
岵《やま》視る
嚮《むか》い風

（'90・3）

猪飼野《いかいの》の
路地行けば
母叱《しか》る
故郷《さと》訛《なまり》飛《と》び
韮《にら》匂《にお》う風

（'90・4）

母の恨《ハン》
果たせぬままに
齢《よわい》すぎ
無窮花《むくげ》散りゆく
神無月《かんなづき》かな

（'90・10）

無窮花《むくげ》
根付き毓《い》く陽《ひ》
夏至《げし》祭祀《さいし》
恨《ハン》閉《と》じし母
戒名《かいみょう》孺人《じゅじん》なり

（'91・6）

己《わ》が心躰《しんみ》
夢に溺れた
芯傷《しんきず》は
泡沫《うたかた》の世に
流る汚泥《おで》か

（’91・9）

胸の恨《ハン》
閉じ込め逝《ゆ》きし
母衣《ははころも》
妻と送り火に焼《も》す
京の盂蘭盆《うらぼん》

（'92・8）

寡黙な幼な日
父の晩酌遣《つか》い
暮れゆく畦《あぜ》に
彼岸花
咲きおり

（'92・11）

焼《や》く想い
雪で包みて
硬《かたく》なに
冷えゆく紅《べに》の
寒椿かな

（'95・12）

冬至夜《よ》に
父の祭祀《チェサ》
冬螢《ふゆほたる》
見果てぬ夢の
欠片《かけら》舞うかな

（'95・12）

債負《さいお》いて
踠《もが》く六十路《むそじ》
夕暮れの
アリラン峠
胸弦《むねつ》る恨歌《パンソリ》

（'97・11）

パルチャと
呟《つぶや》く溜息の母
齢《よわい》越し
吾れも八字《パルチャ》と
同居かな

（'98・6）

一途径《いちずみち》
妻子《さいし》愛して
父母養《やしな》い
故国《くに》恋して
僑胞《キョッポ》といわれ

（'98・11）

まだ咲きぬ
鳳仙花《ポンソンファ》
過ぎし陽《ひ》の刻《こく》
恨《ハン》は散り逝く
桜も散りて

（'99・4）

背《せ》折《お》れて
急《せ》かるる鍬興《くわおこ》し
アリランの
征《ゆ》き着《つ》く埼《さき》は
トラジ咲く野か

（'99・11）

嵯峨野藪
暮れて笹擦る
時雨風《しぐれかぜ》
ながれ来たりし
幽玄寒《ゆうげんかん》気《き》

（’00・3）

背負われて
越えし海峡《かいきょう》
母の齢《よわい》
過ぎし現夜《いまよ》や
夢に揺らるる

（'00・3）

五十年《いとせ》過ぐ
渡れぬ溝の
深悲嘆《ふかなげき》
あわれみ越えて
ただ忘れゆく

（'00・5）

裂国《さこく》恋し
夢の山河よ
古き地図
胸にしまいて
此処《こち》の肥土《ひど》なる

（'00・11）

七十路《なそじ》坂
欲《ほ》し惑《まど》いて
矩《のり》踰《こ》えぬ
蓼虫《たでむし》喰《く》らいて
ああ竹の花

（'00・11）

己《わ》れひとり
紅葉《もみじ》透《す》かし視て
人混みを
背に帰る
南禅夕暮れ

（'00・11）

洛東江《ナクトンガン》
流れ徠《き》し血は
夕暮れに炎《も》え
錆び散りて
東海《とうかい》沈む

（'00・11）

己《わ》が夢は
貢《みつ》ぎし故国《くに》へ
五十年《いとせ》なり
虚しく消えて
凍りし債務

（'00・11）

七十路《なそじ》眼《め》に
一瞬《いっせん》の露《つゆ》
輝《ひか》り落ち
懐酒《かいしゅ》に蒼《あお》き
過夢《かむ》の涙か

（'02・5）

名作に
語り尽せぬ
己《わ》が生様《いきざま》
誰れに託し逝《ゆ》くや
鳳仙花《ほうせんか》

（'03・2）

アリラン坂
いばらの七十路《なそじ》
忘れ去《ゆ》く
虫一匹
韓流の世に

（'03・2）

花芒
はなすすき

かにかくも
埋れし歌碑《かひ》の
散る桜
川面《かわも》の燈影《ほかげ》
老婆《ろうば》がよぎり

臥《ふ》す汝《きみ》は
愛も癒《いや》せぬ
不治病《ふじやまい》
己《わ》れ拘《こだ》りし
悔罪《かいざい》に哭《な》き

（’58・3）

初霜《はつしも》の
薄陽《うすび》差す窓
見舞う日は
痩《や》せ憔《やつ》る汝《きみ》
紅《べに》を差したり

（'58・10）

拘りし
海峡が
相入れぬ
儚なき夢の
瘡蓋《かさぶた》となり

（'65・9）

岩《いわ》の間《ま》に
咲く紅躑躅《べにつつじ》
清さゆえ
手折《たお》れぬままに
明日召され逝く

（'68・9）

汝《きみ》 故郷《さとい》出で
己《お》れ故国《くに》捨てられ
傷舐《きずな》め相う
涙の褥《しとね》や
朝の露

（'69・2）

月影の
風に揺れるや
銀芒《しろすすき》
怨念《うらみ》し汝《きみ》の
蜻蛉《かげろう》かな

（'72・12）

二年坂
濡《ぬ》れて彩《いろ》起《た》つ
紫陽花《あじさい》は
待つ日陰女《ひかげめ》の
寂《さび》しき見栄《みえ》か

（'79・6）

山の背《せ》は
銀《しろ》く輝く
渡良瀬川《わたらせがわ》
汝《きみ》と視し夢
去《ゆ》く水藻《みずも》かな

（'80・10）足尾銅山にて

風の中
散り去く羽扇《はせん》の
紅簀垂《べにすだ》れ
汝《きみ》なき里《さと》に
合歓《ねむ》の花か

（'85・6）

雪崩《ゆきなだ》れ
捨《す》て躰《み》の褥《しとね》に
命《めい》拾《ひろ》う
水仙観音《すいせんかんのん》
越前岬

（'86・2）

酔い痴《し》れ
戯《おど》けて踊る
宴《うたげ》虚《むな》し
春売る汝《きみ》に
破産のおれよ

（'91・9）

路地奥に
秘かに咲くや
紫陽花《あじさい》の
廃家《はいか》となりし
汝《きみ》なきあとは

（'92・6）

吹雪く山
汝《きみ》帰らぬ夜《よ》
窓辺に
シクラメン紅く
咲きて待ちおり

（'93・3）

昔《いにしえ》の
斑鳩《いかるが》の里《さと》
旅来れば
吹く風に
コスモスばかり揺《ゆ》れ

（'94・10）

たずね来し
闇の嵯峨野や
朝明けに
己《おの》が心も
雪降るばかり

（'98・2）

オペラ聞き
ワイン酔う汝《きみ》
会話ずれ
迷う心に
蹴りたい思考

（'98・4）

凄《さむ》き故国《くに》
帰《かえ》りし汝《きみ》は
便りなく
虚しや枯草《こぐさ》
凍土となりて

（'98・12）

藤簀《ふじす》垂《だ》れ
花の滝川
汝《きみ》の影
舞いの帯締め
垣間《かいま》の幻

（'98・12）

薄雪《はくせつ》や
野に汝《きみ》眠る
白餅《はくせん》供《そ》え
背に山鳩の
切なく鳴きて

（'00・3）

生様
いきょう

アリランの
つ世《いとよ》生《いき》様《ざま》
誇《ほこ》りの子
塗《まみ》れて進《ゆ》くや
トラジ花《ファ》郎《ラン》

今日咲きて
明日《あす》野に腐《ふ》すも
己《わ》が夢に
血は腑を燃やす
紅椿《べにつばき》かな

（'62・11）

鋸《のこぎり》よ
己《わ》が腑《ふ》掻《か》き裂《さ》き
滴《したた》る血
呆《ほう》けし今世《いまよ》
風に晒《さら》せ視《み》よ

（'62・11）

鶏頭《けいとう》の
血冠《けっかん》空へ
被《かむ》り昂《あ》げ
刻《とき》の槍聲《そうせい》
路地征く矮鶏《ちゃぼ》

（'68・4）

哀しみを
塩漬けにして
吹雪く夜中《よな》
おれの哭酒《なきざけ》
肴《さかな》に喰うか

（'69・11）

妻子供《さいしとも》
飢《う》えて哭《な》く夜《よ》
手段《しゅだん》や
思考《しこう》なにある
野良《のら》の狼《おおかみ》

（'72・9）

白壁に
芙蓉視ゆるも
鉄扉《てっぴ》あり
刑地《けいち》はるかや
修道院

（'74・8）

苦も愛も
我《われ》も捨て去り
天《そら》からは
何《なに》授かりて
修道院に消え

（'74・9）

闇の夜
似非《えせ》羽根《はね》宏げ
何処《いずこ》へぞ
獲物追い跳ぶ
魔物蝙蝠《こうもり》

（'75・7）

拘《こだわ》りて
征《ゆ》く泥道に
親嘆き
妻児《つまこ》飢え泣く
虚芝居《からしばい》かな

（'75・12）

騙《はばか》りて
今世《いまよ》生き抜く
我利《がり》欲は
性間《さがま》が原の
佛の径《みち》か

（'78・8）

焼き肉の
燃える炎よ
己《わ》が躰《み》灼く
激しき態《さま》を
この世に問うか

（'79・5）

重き荷に
病む心躰《しんみ》曳《ひ》き
己《わ》れ棄てに
夜《よ》の海立てば
波陰《くら》く吠《ほ》え

（'81・11）

紅《べに》花火
空に弾《はじ》けて
消えて逝《ゆ》く
煙《けむ》の虚しや
風の中

（'82・8）

獲物《えもの》得や
嶮駆《けんか》く鬼道《きどう》
這《は》いずれば
月寒天に
冷えて輝《かが》やき

（'83・2）

頭《づ》を砕《くだ》き
躰《み》は裂け切れて
歪《ゆが》みつつ
打ち込まれいく
赤松の杭

（’83・9）

命《いのち》 抜《ぬ》き
殻《から》の蠣帖《かきやま》
償《つぐな》いに
神は目眩《まばゆ》き
皎饋《こうおく》りて

（'85・5）

ロンとヤス
盟友契り
不沈空母
太洋の鮫《さめ》と
化けいくかな

（'85・7）

在日も
歴史の船に
閉じ込めて
タイタニックとなる
空母かな

（'85・8）

陽炎《かげろう》と
消え去《い》く民の
財《たから》かな
プラザ合意で
国売る欺瞞《ぎまん》

（'85・9）

坂本の
石垣の辺《へり》
見廻る翁《おきな》
比良は暮雪《ぼせつ》ぞ
穴太《あのう》の匠

（'88・3）

屈折の
呻《うめ》き嘔《うた》
咽喉《のど》に突きたて
血を吐いて哭《な》く
鬼ホトトギス

（'88・5）

暴れ河《がわ》
木幹《きのもと》掬《すく》う
濁流の
しなやかに逆らい
猫柳起《た》つ

（'88・11）

平成か
帝《みかど》崩御
世は荒れて
変りゆく霾《め》
予感するなり

（'88・11）

飼い狎《なら》す
永き忍辱《にんにく》
季《とき》に燃え
煽《あふ》られし炎《ひ》は
己《わ》が芯焼く

（'89・2）

野桜か
風に散り去《ゆ》く
振り向かば
去年《こぞ》の枯れ穂よ
世はかく常に

（'90・4）

他所《よそ》の巣に
己が児生み捨て
再びや
帰り来ぬ親
如帰鳥《ほととぎす》かな

（'90・9）

楽しき人等
側に騒ぎ
窓辺にて
苦き孤独の
コーヒー噛む

（'91・2）

落ち穂《ほ》田に
水《みず》肥《ひ》溶《と》け朽《く》ち
埋れ逝《ゆ》く
己《おの》が腐《ふ》草《ぐさ》や
冷たく濁《にご》り

（'91・11）

冥《くら》き海
釣りの波間に
螢火の揺れて
あの世の
淵を覗《のぞ》くや

（'92・6）

曳かれ来て
葦原《あしはら》の国
芽吹く種《たね》
無窮花《むくげ》か芥子《けし》か
いや桜よな

（'95・9）

桟橋《さんばし》に
小舟舫《もや》いて
暮れ陽差し
帰る翁《おきな》に
釣り魚を問い

（'99・11）

さらばえし
運命《さだめ》の歴史
鏡には
蜷局《とぐろ》巻き付く
蛇顔《じゃがん》写り

（'00・12）

蒼狼
そうろう

獣道《けものみち》
征《ゆ》く雄叫《おたけ》びの
蒼《そう》狼《ろう》は
運命《さだめ》破ると
月に吠《ほ》え哭《な》き

汝《きみ》熱《あつ》く
北へ帰るか
夜汽車の
紅《あか》き尾燈は
凄《さむ》く霞《かす》みて

（'59・5）

幾人戮《いくびところ》され
焦土と化す
基地に保安官
嫌な国に
活きおり

（'60・2）

広海に
命預けた
マグロ船
シャワー雨は
黒い灰《はい》降る

（'60・9）

笑うぜ
所得倍増
おれの故国
銭 ひと 返せよ
それからじゃ

（'60・12）

民衆
悪夢視ている
陰謀の
歴史舵切る
浅沼殺し

（'60・12）

安保で
国売る政《まつり》
邁《ゆ》け学連
おれ投石売る
商人《あきんど》かな

（'61・1）

民《たみ》殺す
阿呆承晩《スンマン》
暗殺されて
滅裂の祖国《くに》
おれ傍観馬鹿

（'61・2）

ベトナムを
焼きつくし
何を恐れる
アメリカよ
ナショナルは黴菌《かび》か

（'62・2）

喉涸《のどか》れし
鐘 泌《ジョンピル》特使
歴史売り
コーヒー一杯で
小銭借る

（'62・12）

何時《いつ》か又《また》
火種に成るや
なさけなし
武士の結末《けり》なき
曖昧模糊国《あいまいもこく》

（'62・12）

民戮《ころ》し
覇道の術《すべ》の
抑圧は
日本陸士官
岡本中尉

（'62・12）

従兄弟等《いとこら》は
国から売られ
ベトナムへ
母元へ帰りしは
骨の壷

（'65・12）

革命に
疲れて晒《さら》す
草原に
儚《はか》なき夢の
ゲバラの屍《かばね》や

（'68・10）

魂は
今日も闇を
駆けめぐり
征《ゆ》き着く果ては
孤独な羅漢

（'71・11）

羽根清め
神域《かみい》の天空
昇陽《あさひ》浴び
雁の航《わた》りゆく
崇聲《すうせい》はるか

（'75・3）

野辺に咲く
黄色きタンポポ
己《わ》が憤怒貌《ふんぬがお》
視《み》てなぜに
微笑みたるや

（'75・5）

紅薔薇《べにばら》の
手折《たお》れぬ想い
儚《はかな》きや
友の恋唄
過ぎゆく夏に

（'75・9）

路地裏に
母骸《ははむくろ》添い
鳴く猫よ
何故《なぜ》明日なき世
生まれし運命《さだめ》

（'78・5）

雪原を
血染《ちぞ》め狼
兎《と》を捉《とら》え
あの命消《き》え
この生命《いのち》あり

（'80・2）

冷雨《ひさめ》降る
広隆寺の
仁王様
おれ見下《みおろ》して
怒りに涙

（'82・5）

韓徒《からやから》
涙癖歌《くせうた》
哀哭《アイゴー》や
明日の糧《かて》はと
南無阿彌陀佛

（'85・2）

草原の
枯れ枝《え》踏む音
微動無く
躰《み》捨《す》てし眼《まなこ》
雌《め》雉《きじ》卵《らん》抱き

（'85・4）

修羅《しゅら》を征《ゆ》く
野良の叫びや
吠えし季《とき》
獣の傷に
疼《うず》く冷月《ひえつき》

（'85・8）

姦《かしま》しき
綾女等《あやめら》集《つど》う
魚《うお》喰《は》めば
わが咽《のど》に骨
空剥《そらむ》く目かな

（’87・9）

十三夜
東山麓《とうさんろく》に
星晒《さら》し
吾が芯《しん》冷える
狛月《はくつき》の風

（'89・9）

雪の夜
無理に咲かせし
ひとときの
赤き徒花《あだばな》
明日《あす》散る椿《つばき》

（'90・4）

風起《た》ちて
暮れゆく夕陽
伊勢の波
海女《あま》の咽笛《のどぶえ》
切なく胸突き

（'90・5）

夜醒《さ》めて
月射す窓に
昼為《な》せし
己《わ》が心滲《し》み
緇《くろ》く写りて

（'90・9）

小犬鳴く
雨の路地裏
捨て主《あるじ》
罵《ののし》る己《わ》れも
拾《ひろ》うを迷い

（'91・5）

暮れ刻《どき》よ
パンソリ聴きて
胸弦《つ》りし
鶏《とり》の一聲《ひとこえ》
啼きて去り行く

（'95・10）

毓《い》きし世に
錆びつく恨《ハン》涅《ね》
吾が性《さが》は
風に散り去《ゆ》く
霧となりしか

（'95・11）

哭くな蟋蟀《こおろぎ》
月影に
崩れ去《い》く
吾が骨の音《ね》に
風も錆《さ》び散《ち》る

（'97・11）

限りなき
荒波《あらなみ》の
東海や
黒い獣の嗚咽《おえつ》が
哭《な》きつづく

（'98・6）

反骨
はんこつ

気骨は
背《せ》筋《すじ》伸びたる
武《む》士《さ》なりて
変り行くせも
松《しょう》梅《ばい》が咲き

修羅
生征《いきゆ》く径《みち》は
共々《ともども》に
一筋が良し
愛染かつら

（'80・12）

韓和歌《からわか》に
独り善がりて
侘寂《わびさび》を
詠《よ》みて食《は》めば
山葵《わさび》に咽《むせ》び

（'85・10）

在日に
蛮国の法《のり》
縛《しば》り付き
径《みち》は泥濘《ぬかる》む
暗い路地かな

（'86・10）

詩吟《うた》詠みし
新羅《シルラ》花郎《ファラン》は
棄《き》民かや
同化されいく
慟哭《どうこく》恨《ハン》歌《か》

（'87・10）

能　詩吟

華茶道《かさどう》修め

菊を賞《め》で

和歌詠みたれば

倭の麻呂なりや

（'87・10）

誰《た》がために
特攻散《ち》りし
同胞《はらから》よ
胸に刺突《とげ》く
アリラン桜

（'88・4）

曳《ひ》かれきて
往《い》かされ枯れる
鳳仙花
酸性土《ど》肥《ひ》と
なりゆく果ては

（'89・10）

故国《ふるさと》を
尋ねる友よ
届けしは
贈るものなく
過《か》の夢ばかり

（'90・10）

暦《れき》を視よ
野に果つ骸《むくろ》
君の祖ら
顕《しめ》して残す
虎の頭《かしら》や

（'90・11）

別れ征く
一期一会《いちごいちえ》か
相視る世《よ》
再《ふた》び来しや
北の薊《あざみ》よ

（'91・8）

若峡路《わかさじ》の
新羅《シンラ》社《やしろ》に
額《ぬか》づけば
昔《いにしえ》の我が祖《そ》
倭子《わこ》に祀《まつ》られ

（'91・8）

曳《ひ》かれ来て
覚えし言葉
うたう唄
富士に桜に
軍歌と演歌

（'91・10）

夜の深湖《しんこ》
夢喰い育つ
鯋《いさぎ》や
彩《あや》しく輝《ひか》る
螢《ほたる》の群れか

（'92・2）

甘酒《かんしゅ》匂う
紫煙の燈影《ほかげ》
夜に舞う
紅蝶《べにちょう》
夢虫《ゆめむし》を待ち

（'92・5）

牛窓《うしまど》の
童《わらべ》　韓《から》踊り
瀬戸の海
遥《はる》かに映《は》ゆる
通信使

（'92・10）

己《わ》が歌は
慌《くら》き運命《さだめ》に
繰《く》り曳《ひ》かれ
詠《よ》み往《ゆ》く崎《さき》は
無念の寡黙《かもく》

（’93・3）

汚泥池《おでいけ》に
咲く白蓮花《はくれんげ》
佛が座して
諭愛《ゆうあい》眼差し
揺れて視え

（'93・5）

百済寺《くだらじ》に
パンソリ詠《うた》い
石段を
登れば羅漢《らかん》
静かに聞き居り

（'93・9）

野面《のづら》積む
穴太《あのう》の石工《いしく》
野に逝《ゆ》きて
石垣の間《ま》に
百済の躑躅《つつじ》

（'95・5）

己《わ》が歌は
倭地《わち》に根付きし
彼岸花
怪《あや》しき彩《いろ》で
畦《あぜ》の隅《すみ》咲き

（'95・9）

曳《ひ》かれ来し
故国《くに》の女工
芒《すすき》根に
颪に揺れ哭く
月夜の穂かな

（'95・11）

韓野郎《からやろう》
鳴く鶯よ
ひとり聴《き》き居て
径は戻れぬ
恨《ハン》の片道《かたみち》

（'96・3）

葦原の土へ
植えて根付けし
無窮花《むくげ》の挿木
桜色の
芥子《けし》が咲き

（'97・4）

余部《あまるべ》の
橋の遠方《かなた》よ
浜砂も
鳴くや一夜の
儚《はか》なき褥《しとね》

（'97・10）

愚徹《ぐてつ》と書く
書家あり
わが胸撃ちて
術《すべ》なき歌
悟りと知りぬ

（'98・2）

螢火《ほたるび》の
曳《ひ》き流れゆく
高速道
蟻箱《ありばこ》の群れ
孤独が宿り

（'98・5）

白髭《しらひげ》の
白波社《やしろ》
昔《いにしえ》の
百済人《くだらびと》に
馳せし思いかな

（'98・5）

北風の
修羅道《しゅらみち》徠《き》て
陽暮れ坂
地蔵の日影に
蝉時雨《しぐれ》降り

（'98・9）

飢えし故国《くに》
稼財投げうち
糧《かて》贈り
おれは芥子《けし》吸い
法《のり》で躰《みやぶ》破れ

（'98・11）

飛《ゆ》く雁《かり》
汝《きみ》は故国《くに》越え
自由よな
何の束縛
空は清《す》みしか

（'98・12）

阿武隈《あぶくま》の
恋いし汝《きみ》の郷《さと》
尋ぬれば
雪被《おお》いて
廃家となりぬ

（'99・2）

恨《ハン》も錆《さ》び
逝くアリランの
一世よ
孫等《こら》は桜《さくら》に
染まりゆく世か

（'99・4）

修羅径《しゅらみち》
越《こ》えて近づく
佛道《ほとけみち》
変えられぬ己《わ》が
拘《こだわ》りの性《さが》

（'99・10）

曳《ひ》かれ来て
故国《くに》に捨てられ
故郷《さと》忘れ
流れ藻の果て
肥草《ひぐさ》の骼《かばね》

（'00・4）

むなしきや
屍《かばね》となりて
魂は
麦のたなびく
故里《さと》へ帰りしか

（'00・10）

頑是《がんぜ》なき
吾れと毓《い》き来《こ》し
贄妻《にえづま》に
ふと野菊摘み
挿《さ》し置きにけり

（'00・10）

枯れ野に
誇りまみれて
野垂れゆく
今更何の
青草《あおくさ》の夢ぞ

（'01・5）

穀潰《ごくつぶ》し
七十路《なそじ》生かされし
涅佛《ねぶつ》かな
埋もれる己責《こせき》
暮れ逝く馗《みち》よ

（'01・10）

吹雪《ふぶ》く北
母糧《かて》得んと
凍河《とうが》渡り
帰り待つ児は
萎《しな》びつき果て

（'02・2）

解放日
八月十五日
汝《な》の国は
敗戦日かや
愛もすれ違う

（'04・8）

ヒロシマにて
八月六日
怨みなく
祈れるかや
父なき汝《きみ》は

（'05・8）

哀憤
あいふん

縛《しば》り付《つ》く
この郷《さと》の法《のり》
異《い》国《こく》花《ばな》
哀《あい》憤《ふん》滾《たぎ》りて
芥子《けし》咲き焼《も》やし

ゲバラの夢
熱き南国
キューバか
握るハンドル
汗ばむダンプ

（'60・8）

安保で
ドル得る
騒ぐな友よ
糧《かて》と魂《たましい》どちら取るや
母に聞け

（'60・10）

祖国《くに》廃《すた》れ
所得倍増か
屑鉄売り
喰らう
尻馬糞蠅《しりうまふんばえ》

（'60・12）

安保で
揺《ゆ》れる政治《まつり》よ
物金《ものかね》の狂い咲く
予感せり
悪乗りするか

（'60・12）

哀しきは
ゲバラ売りて
糧《かて》を得る
貧しき民《たみ》の
救《すく》いなき夢

（'68・3）ゲバラの暗殺

この島を
輝《ひか》る花園に
改造と
叫ぶ首《おさ》あり
吉か凶か

（'72・7）

春売りて
糧《かて》得る母の
冷《ひえ》えし夜や
窓辺《まどべ》眠《ね》る児に
月の射したり

（'73・4）

殻虫《ごく》か
世荒れ漉《こ》し喰《く》う
異邦人《いほうじん》
猜疑心抱き
月夜に往《い》くや

（'75・3）

ベトナムに
追われ去くのか
アメリカの
正義の代価《だいか》
覇権喪失《そうしつ》

（'75・5）

韓籍《かんせき》で
己《わ》が業《なりわい》は
政官《せいかん》も
談合絡《から》む
差別根《ね》を張り

（'82・8）

縛《しば》りたる
在日の法《のり》
プライドを
隠したピエロ
面従腹背

（'82・11）

猜疑《さいぎ》の眼
哀し牙むく
捨て犬よ
おれもおまえも
この世の命《いのち》

（'85・5）

何《なに》祀る
靖国拝す
倭国《わこく》の首《おさ》
内外《ないがい》畝《うね》る
意味も解《げ》せぬか

（'85・10）

魂嘘《こんきよ》棲《す》みし
幾歳《いくとし》の
二重人格
疲れて
凧《たこ》となりはて

（'85・11）

この郷《さと》を
生きゆく術《すべ》は
神仏《かみほとけ》
建前本音
談合和合

（'86・5）

国政《くにまつ》る
霞ヶ関ぞ
政《まつり》家《や》は
ペンギン群れと
官《かん》は罵《ののし》り

（'86・9）

役人め
権力衣
着こなして
見事に使命
銭に換えしか

（'90・3）

散《ち》り逝《ゆ》きし
同胞《はらから》特攻
過《か》の敵は
桜咲く
安保基地に居《お》り

（'90・4）

佐々木様
魂《こん》詠む
咽叫歌《いんぜつか》
曳《ひ》かれし小唄の
野狼の吠聲か

（'90・8）

敦盛《あつもり》と
直実《なおざね》なりや
思想《おもい》違えど
亡骸《なきがら》に　そと
敵旗《てっき》掛けやり

（'90・11）

バブル波
闇の地獄へ
呑《のま》まれゆく
鼠《ねずみ》の群《むれ》の
悲鳴哭《な》き熄《や》み

（'91・1）

反骨野良
一匹
権益の谷間に
磨粉《すりこ》となりて
消え逝くわ

（'91・2）

働けど
人世《ひとよ》の六十路《むそじ》
借り残す
鋤焼《すきや》き喰《くら》い
明日死んでやる

（'91・2）

社員や
妻子《つまこ》置き捨て
朋《とも》破産
夢は泡《あわ》かな
海に果て逝く

（'91・2）

あすなろや
蒼《あお》き夢視《ゆめみ》し
ドリームは
政《まつり》に呑まれ
法《のり》で首吊る

（'91・10）

掠《かす》め舞う
禿鷹《はげたか》に法《のり》
餌《え》付《づ》け売る
官賊政治屋《かんぞくまつりや》
帝都に巣くい

（'92・3）

往く世とは
儚なき刻《とき》の
風車
月夜《つきよ》の雲影
朝蘇《あさごけ》の天露《あまつゆ》

（'92・10）

蒼き夢
路傍に果てし
修羅の魂《こん》
野菊草根に
髑髏《しゃれこうべ》

（'92・11）

日の本の
のぼせし景気
自己過信
米国《ボス》が捻《ひね》りて
夕焼けの虹

（'92・11）

垢錆
あかさび

その男
矜《こだか》り深く
垢《あか》錆《さ》びて
風に散りまく
銀《ぎん》の穂《ほ》花《ばな》よ

己《わ》が生命《いのち》
焼《も》やせし年月
うつろいし世
霞む眼に
朝顔咲くか

（'93・3）

蜻蛉《かげろう》の
群れて迷う
陽暮れて
星は黎明《れいめい》
満天にあり

（'93・9）

おれもおまえも
泥傘差し相《あ》う
野末草《のずえ》
明日《あす》は彼岸の
墓参り

（'93・9）

アリラン
コーラン唄い
帰りし友何処《いずこ》
アフガン砂漠
ヘリが飛び

（'93・10）

反骨者《はんこつもの》
伝手《つて》を求めて
霞ヶ関
義憤《ぎふん》談判
唖哀《ああ》神無月

（'93・11）

金貸屋《かねかしや》
法《のり》で護りて
国民は
蝉と鳴き枯れ
野は骸《がら》の屑

（'95・3）

胸焼きて
腑腐《ふくさ》り果てる
この客地《かくち》
やがて埋まるや
アラリの馬骨《うまほね》

（'95・11）

泡《あわ》の世《よ》よ
口噤《くちつぐ》み
首縊《くびくく》る朋《とも》
妻子に詫び書と
法恨《のりうら》み

（'96・2）

政《せい》や官《かん》
縄張り欲の
取り合いて
散り去《ゆ》く桜《さくら》
花の国かな

（'96・5）

民《たみ》の首
幾《いく》万刎《は》ねて
改革か
友は子連れで
己《おの》が首縊《くびくく》り

（'97・10）

歌道《うたみち》に
刃向う怨歌《えんか》
万葉の
因縁《いんねん》なりし
己《わ》が魂叫《こんぜつ》よ

（'98・3）

律《り》する世は
敵《てき》も己《おの》れと
泥濘《ぬかる》む径《みち》の
陽《ひ》を追いて
ひとり幾年

（'98・3）

司法判決
世を督《ただ》す
正義か
妻子離散に
行方不明ぞ

（'98・8）

胡乱者《うろんもの》
武士道説き
やがて友
この国腐ると
意気投合

（'98・8）

異国の鷹《たか》
街空《まち》に舞い
鳶《とび》は
カラスに追わる
和国の空かな

（'98・8）

政治屋《まつりや》は
陣取《じんと》り遊び
新喜劇
あがく民草《たみくさ》
誌《し》は囃《はや》し鼓《こ》か

（'98・9）

三権の
ばら鮨《ずし》腐り
法《のり》破れ
民は痴呆か
おれガラス拭く

（’98・10）

明星《あけぼし》の俵様
雲の遠方《あなた》の
佐々木様
吾《わ》れ甕《かめ》の
蛙《かわず》かな

（’98・11）

過《か》の仲間
裏切者と
切り捨てて
無策の徒《やから》
法《のり》が待ち構《かま》え

（'98・11）

倭《わ》は和《わ》もて
己《わ》が業《なりわい》も
政官《せいかん》も
談合《だんごう》なるが
円《まある》い世かな

（'98・11）

恨《ハン》抱き
法《のり》に刃向う
一徹は
誅罰に散る
一片《ひとひら》の花

（'98・12）

権力に
楯突《たてつ》く一世《いっせ》
反骨の
苦泥《くでな》舐め枯れし
馬鹿骨一期《いちご》

（'99・1）

焼《や》け舗道
裂け目張り付く
生きる意地
黄色《きいろ》に輝《ひか》る
お丶タンポポよ

（'99・5）

安保ボス
契約通り
掠《かす》めゆく
政官腐り
民《たみ》喰えば良か

（'99・11）

覇国華《はこくばな》
ローマも昨日《きのう》
今の陽《ひ》に
アメリカの花
時刻《とき》は物語

（'99・11）

拘《こだわ》りし血
捨てても悟りも
ならずして
老いゆく般若
生恥曝《いきはじさら》し

（'00・1）

九条捨て
また来た道を
征《ゆ》きますか
皆んな月夜の
砂漠逝きますか

（'00・3）

権力に
悪乗りし言《げん》
画像まで
世論《よろん》鮮《あざ》やか
導きたるや

（'00・4）

ネオン花
写る川面に
夜《よる》の蝶
病《や》みし羽揚《あ》げ
切なく飛びぬ

（'00・11）

捻《ひね》くれて
往生《おうじょう》かな
佛 径《ほとけみち》に
悟り開くと
数珠を買い

('00・11)

無窮
むきゅう

恨《はん》と芥《あくた》
烟炉《えんろ》に焚《た》けど
燐炎《りんえん》は
なお燻《くすぶ》りし
無《む》窮《きゅう》旅《たび》径《じ》

己《わ》が朋《とも》は
長崎で
孤児となり
凄《さむ》き故国《くに》帰りて
肥草《ひぐさ》となりぬ

（'59・3）

己《おの》が民《たみ》
白赤《しろあか》分けて
猜疑心《さいぎしん》
望郷山河
なお遠くなり

（'61・8）

身投げ淵《ぶち》
花投げ入れて
わが芯《しん》は
蓮花の恨《ハン》
生涯《いきはて》植わる

（'68・7）

軍命で
民《たみ》を殺《あや》めて
国《くに》治《おさ》む
故国《さと》首《おさ》狂いて
血流るる山河

（'80・6）光州事件

堕ちくる那智の滝
一滴《ひとしずく》
聖霧《せいむ》と成りて
昇りゆく
宇宙かな

（'80・10）

血に染まる
光州椿
雪冠《かむ》り
碑《ひ》となりし躰《み》は
昇る陽に站《た》ち

（'81・2）

反骨の
悲憤涅歌《ねうた》や
ひとり征く
遍路の旅路に
錫《すず》の杖《つえ》かな

（'85・10）

悲しきや
罪なき人等《ひとら》
空散らし
今さら何の
謀《はか》り策《こと》かな

（'87・12）大韓航空爆破

故郷《ふるさと》は
万《ばん》旗《き》拡《ひろ》がり
凧《たこ》が舞う
己《わ》が生涯に
万感胸や

（'88・9）ソウル・オリンピック

萩の花
小粒を嘆き
うなだるな
愛《め》でられず散る
葉《は》心《ごころ》知りなせ

（'88・10）

征《ゆ》く径《みち》
窮《きゅう》すれば
運命《パルチャ》笑うて
埃《ほこり》払《はら》い
酔《よ》うて眠《ね》てみる

（'88・10）

何処《いずこ》にぞ
誰れ尋ぬれば
往《い》き行くや
冷えゆく月に
影を踏みつつ

（'89・9）

陽照《ひで》り日も
陰《かげ》り日も
供に競い
活けて嘆くか
華道《かどう》の枯れ花

（'89・9）

この野にも
はびこる葛葉《くずは》
貧《ひも》じ故国《くに》
咲けば子等の
命根《いのちね》となりしを

（'91・9）

後先《あとさき》も
守銭の世か
眠れぬ夜《よ》
鳴くな蟋蟀《こおろぎ》
虚しすぎるぞ

（'91・11）

織《お》りし歌
徠《き》て逝《ゆ》く旅径《たびじ》
己《わ》が詩《うた》は
下天《げてん》の夢の
証《あかし》なるかな

（'92・3）

己《おの》が背に
何《なん》の荷負《にお》いて
幾坂を
何処《いずこ》征く
霜月《しもつき》の夕日浴《あ》び

（'92・11）

冬至《とうじ》の日
子去《こさ》りし谷間《たにま》
老母《ろうば》ひとり
茅葺《かやぶ》き屋根に
雪降りつのる

（'92・12）

将軍
この荷《に》を残し
何処《いずこ》へ逝《ゆ》く
三年喪《も》後《ご》は
不吉な寒波

（'94・8）

革命の
叫びし徒《やから》
去《さ》り逝《ゆ》きて
泡《あわ》吹く蟹《かに》の
抜殻《ぬけがら》残り

（'95・10）

楓《かえで》散る
芦屋《あしや》登《のぼ》りて
尋ぬるは
ハイネ気取りし
馬鹿なピエロぞ

（'97・11）

豆満江《とまんこう》
逃《に》ぐ同胞《はらから》よ
凍飢《とうが》も間引《まびき》
これも祖国《くに》かや
地獄の山河

（'98・2）

振りむけぬ
己《わ》が業《ごう》深き
生様《いきざま》よ
術《すべ》なく站《た》ちて
冬の月視《み》つ

（'98・6）

爛漫《らんまん》と
碑花《ひばな》添《そ》えたく
ラベンダー
摘めりて香《こう》に
咽《むせ》ぶ涙か

（'98・6）

己《わ》が敵は
儘《じん》なりしかや
哀楽《あいらく》も
風化したるいま
仁王《におう》となりて

（'98・10）

絵馬を書く
異国学生
参拝《まいる》とは
天神の梅
白く咲く頃

('99・2)

月見草
秘かに咲きて
誰《たれ》を待つ
陽出《ひで》に未練閉《と》づ
哀しき闔《とびら》

（'99・11）

すべては
切れ目なく
流るる雲
どこまで供に征く
わが影の影

（'00・2）

冷え枯れて
ゆく空蝉《うつせみ》の
夢の果て
庭に散る殻《から》
蟻の餌かな

（'00・9）

恋歌も
枯《か》れし夢の
高瀬川《たかせがわ》
紫煙《しえん》の窓辺
嫗婆《うば》ひとり影

（'00・11）

足掻《あが》けども
泡《あわ》と消えたる
幾年《いくとせ》ぞ
法一条《のりいちじょう》で
命《いのち》 流れ逝《ゆ》く

（'00・11）

薪能炎《まきのうび》
信長舞いし
敦盛《あつもり》か
主役《して》無能面《づら》
醜股《しこ》踏む足袋《たび》は

（'00・11）

朝霧の
吉野の山に
神呼ぶ神官
雅楽に
南朝偲び

（'01・11）

この齢《よわい》
いまだ飢えし
渇望《かつぼう》よ
風圧に散る
地下鉄の塵

（'05・2）

追憶の町

——阪神淡路大震災　追悼歌

聲もなく
流れる涙
寒々と
風に月差す
瓦礫山

昼顔

吹き溜《だ》めの
路地に虹《にじ》かな
連《つ》らなりし
淡紅《うすべに》の花
蔓《つる》の昼顔《ひるがお》

（’94・7）

紫陽花の紅

相《あ》い覧《み》たる
紫陽花《あじさい》の紅《はな》
春風《こち》来ぬ間《ま》
汝《きみ》は長田の
灰《つち》と消え逝《ゆ》き

（'95・2）

愛蘭

燃《も》える焔《ひ》に
汝《きみ》が咲かせた
愛蘭《あいらん》も
全て焼《や》け去《ゆ》く
長田の宙《そら》へ

（'95・2）

木霊

己《わ》が哭《な》きし
アリラン哀歌《あいか》
木霊《こだま》となりて
六甲山《やま》に
埋《う》もれ去《ゆ》く

（'95・2）

芦屋の垣

躑躅《つつじ》咲く
芦屋《あしや》の垣根
尋《たず》ぬれど
吹き下《お》りし風
返る聲なく

（'95・5）

紫檀の衣

来《く》る春に
着せし衣《ころも》を
求め訪《き》て
紫檀《したん》の飾りと
憶《おも》いて咽《むせ》ぶ

（'96・3）

過夢の匂い

聞きなれた
祖国《くに》言訛《ことなま》り
ゴム匂い
キムチ匂いし
長田は過夢《かむ》か

（'96・5）

六甲の山藤

六甲の
山藤《やまふじ》手折《たお》り
汝《きみ》住みし
長田の路地に
涙留《と》め置き

（'96・5）

メリケン波止場

メリケンの
波止場波哭《なみな》く
過《か》の夜船《よぶね》
キャンドル・クルー
儚《はか》なき夢に

（'96・10）

長田のサンダル

汝《きみ》が愛
籠《こ》めしサンダル
夢の彩《いろ》と
恋の匂《にほ》い
秘かに飾《かざ》り

（'97・5）

生命あり

焼け跡に
芽吹くタンポポ
眼にしみて
風鮮やかに
此地《こち》に生命《いのち》あり

（'97・8）

詩的言語で異質に紡ぐ悍《あら》しき歌——解説に代えて

児童文学評論家
大阪経済法科大学客員研究員　韓　丘　庸

わたしたちがこの度、在日詩人であり、また数少ない貴重な歌人のひとりでもある宋在星氏の短詩形の歌、五行歌集『無道の旅』を拝見する機会を得たことは、大変光栄なことだと思っている。

著者は一九九六年十一月に自選詩集『血の鋳』を上梓したが、以来既に十二年の歳月が経過した。その間、朝鮮半島情勢も大きく変容し、南北分断の影を引きずる在日の社会状況もその価値観も一層多様化してきた。

当時、この詩集の序文でわたしは彼の詩をこう指摘している。

「そこには激しく祖国に向けた情熱と、また静謐に見つめる〈理念の沸騰〉と、作者特有の詩精神を通して、多くの人々は改めて自分の足元を見つめ直すことになるだろう」

これは彼が自分の詩作に阿《おもね》ることなく、日々の事業経営の傍ら地道に、また情熱的に創作意欲を燃やし続けてきたことに対するわたしなりの心もとない小さな贈物であり、称賛でもある。

その意味でも、再度彼の作品に巡り合えたことを誇りに思う。

殊にこの作品集では、「五行歌」という余り聞きなれない異質な詩的形態を紹介することになった。この形態は朝鮮の古詩や郷歌や時調のように、あるいは日本の七五調の短歌とも似て非ざるスタイルではあるが、果たしてこうした形式の歌が読者にどのように受け止められ、時にはどう咀嚼《そしゃく》され、現実の「生きる糧」としてどう消化してもらえるかを考えたとき、甚だ疑問視する向きも有るやも知れないが、それだけに「異質」であるといえる。

＊

多くの読者は、在日同胞が今までにあまり気づかずに通り過ぎてきた生活の点と線の放物線上に「民族」を積載して、遥か彼方を望遠鏡で覗くように不思議な「魅惑」を感じてこれらの歌を垣間見ることになるだろう。

上梓された五行歌集『無櫃の旅』二百七十一首は、どの歌もすべて短歌というルールにとらわれず、短詩形に近いボキャブラリーの配列で、比較的奔放な自由律的短歌のリズムに乗せて詠まれた厳しい詩歌集でもある。

ある人は、韓国の有名な詩人申庚林《シンキョンリム》の詩を「コバルト・バイオレット・ディープ」と評したが、これはそのままこの短歌抄に当てはまる賛辞かもしれない。掲載作品には政治、経済をはじめ社会、教育、科学、文化等、作者の多岐に亘った有識の発露が到る所に反映されていて驚かされる。

この作品集は内容によって概略九章に大別され、その時々の心情を年代別に並列している。中には全くセクションの見出しにそぐわない作品も所どころ混在しているが、総体的にあまり色分けしなかったことを了解して頂きたい。

作品は渡日後、長年作者の心の奥深く沈殿していて、七十年の間、心の疼きとなっている故郷への郷愁をはじめとして、世界情勢や朝鮮半島情勢を憂い、政治不安や日本のバブル経済の崩壊や破綻の中でも、在日朝鮮人としての差別に抗して事業を続けなければならなかった厳しさなどを詠《うた》っている。

また、不用意な日本高官の発言や姿勢を告発すると共に、日本人の歴史認識の甘さや、不感症にも言及している。その他、遠い幼い日の記憶や、阪神淡路大震災の追悼歌なども補足されていて、読者に安堵の念を抱かせる。

内容はその折々に詠まれ、それが螺旋状に交差させながら読者の心の襞を一つ一つ正確に抉《えぐ》っている。

*

今まで「五行歌」というジャンルが短歌界で一般的に云々され始めたのはそれほど長くはない。しかし、かなり以前から彼の歌は一人歩きしていたと言える。各歌の行間に埋め尽くされたずしりとした重量感のある言語技巧は、七五調の短歌形リズムになっているが、それだけで十分すぎるほどの説得力を持つ。

先だって、京都新聞の文芸欄で、「実作教室・短歌」担当の歌人である西村尚氏が、「短詩形のみならず、言葉を文字でもって表現する場合に、的確であらねばなりません。〈的確〉は対象とするものの本質をつく、あるいは、迫ることを指すと同時に、形を作り上げてゆくことも指しています。」（京都新聞08・3・23付）と、厳しく指摘していた。

もちろんそれは、彼の作品自体が五行で収めるという五行歌の原理を詩的作業の中で忠実に履行していることでも理解できる。

これらの作歌の歴史は、一九五〇年～二〇〇七年までの約五十年近くの長きに亘るが、すべての作品群は別の照射から見ると明らかに前述の『血の錆』の原点とも言えるかもしれない。それは歌の随所にその影を引きずっていることでも頷ける。また、作品の延長線上にゆるぎない自己確認としての有り態を見せており、在日朝鮮人として、日本の過去と現在と未来に向き合う歴史的、現況的な邂逅《かいこう》と希求であると言えるだろう。

「五行歌」の広い範囲で凝縮された作品の資質を見れば、長い人生の道程の中で大きく扇状に広がった多くの人々との友誼的な関係を深めてきたことの側面と、他方では在日であるがゆえに日本社会から弾き出され、裏切られ、厳しい生活を余儀なくされたことへの痛恨は残る。しかし、この客地で必死に生きながらも、依然として自分も苦しみ、家族にもつらい思いをさせ、恋人にすら精一杯の償いもできなかったことへの「恨《ハン》」は、また多くの在日同胞が大なり小なり経験した「民族の恨」にも繋がるものである。

七十年の歳月を経て、老境に入りつつ向き合う現実への作者の姿勢は年代によって若干の変化を見せてはいるが、基本的には一貫した彼の人生観や世界観、哲学観に裏打ちされ、各々の社会詠はやがて多岐に亘りつつ、重く暗い世相をあぶりだし、辛酸をなめた過ぎし日々の追憶を交錯させ、歪《いびつ》で様々な陰影を醸し出しながら投影させている。

＊

そして、作者の詩的言語の中の虚飾をそぎ落とすことによって、やや難解ではあるが、より直線的な言葉で構築することを念頭においている。時には不揃いで字余りな韻律はもちろんのこと、ユーモアや皮肉、冷笑やペーソス、しゃれた表現や捩《ねじ》れた毒舌などを抱き合わせると、暴力的ともいえる言語的機能や行為を駆使することで、あえて普遍性に挑戦してでも純粋に、より果敢に己の人生を歌に刻み込もうとしていることの真意がよく伝わってくるし、また中には自分の事業の窮状すらも自嘲気味に笑い流せるところは如何にも民族的で、大陸的だと言えるかも知れない。

殊に印象に残るのは、激しい言葉を吐露しながらも、それをどこかでカバーし、コントロールしているのが、歌の中の花を愛でる「やさしさ」である。随所に「花」が詠われることで、心の癒しを読者に感じさせるのは、彼の本来のやさしさでもあり、それがせめてもの「救い」に繋がるのではないだろうか。

その一方で、この日本の地を俎板《まないた》の上に載せて社会的批判を加えると同時に、自分自身をもその深いクレバスに容赦なく叩きつけている。

だから尚のこと作者はこれらを常に生きる糧にし、バネにしてきたことが、彼の人生をより豊潤なものにするとともに強烈なものにしてきたと言えるのではないか。

この際、わたしたちは詩的言語の浄化を自認する作者の歌人としての側面を丹念になぞってみるのもいい機会ではないだろうか。

一人でも多くの読者に「五行歌」の持つ自由奔放な民族歌を詠んで頂き、在日の浮き草的な精神世界の枯渇を見直す一助として理解していただければ幸いである。

二〇〇八年四月

あとがき

事業の傍ら数十年、つれづれに思い募るままに、苦しい時、哀しい時、又、公憤や逆境の時、心の拠り所として私は詩歌を日記帳やビジネス帳に書き込んで来た。私の心の逃避なのか、それゆえ生業は成功したと言えないかも知れない。

一九九六年十一月に、己が拙詩集『血の錆』を発刊して十二年が過ぎた。当時、日本経済はバブルの崩壊、金融機関の破綻等、混乱と不景気の嵐が吹きまくっていた時代である。今もって日本経済は不況にあり、己が生業もその日本丸の船上で荒波の中で喘いでいる。己が人生も、その生涯も、その日本丸に乗り合せた呉越同舟であろう。どうして安泰で居られようか。

そんな時期に詩歌なぞと言う人も居た。しかし物金だけが全ての世であれば、それだけに追従するほど人間としての空しさを覚えるのはなぜか。マネーだけに群がり、貧しき人々さえも食い物にしているこの世の成りたちを見る時、人間は何時か天に唾するように、神にその試練を与えられるだろうと思う。

私の詩歌の原点は、それらの公憤や自省、自嘲も含めた、徠て逝く己が径《みち》に、果たせない恨《ハン》と、心の哲学が根底を成して綴り込んで来たつもりである。十二年前に出版した己が拙い詩も、私の人生の遺書のつもりで、がむしゃらに出した次第であった。今も決して己が精神状態が良好であると思っていない。

昨年、私が数十年書きなぐって来た歌が数百首あると聞いた。韓丘庸先生から、短歌集として出版してはと勧められ、その気になったところ、短歌の形に成っていない変な詩形の歌だと、編集者からいろいろ異論があり、長い間激論が交された。拘《こだわ》りつづける私に、出版社も編集者も、私の我がままとこじつけに押され、今回異形の五行歌集と成った次第である。

そして己が異形とも言える歌集の生原稿を、恥も外聞もなく常日頃お世話になって、畏敬し、崇拝している上田正昭先生に見ていただいた。驚いたことに先生は序文を書いてやる、と言われたのである。私は先生の小幡神社内のお宅を訪問した際、丁重に接して頂き、なお先生が平成十二年（二〇〇〇年）、宮中歌会の召人として任じられた時の歌集『鎮魂』『共生』の二歌集を墨書も清く自筆でサインして贈呈された。

先生のお宅の庭に、宮中歌会始めの歌召人の先生の歌、

　山川も　草木も人も　共生の　いのち輝やけ　新しき世に

の歌碑がそびえていた。

それからしばらくして先生から、私の拙歌を詩魂の輝きと称讃された玉稿が届けられた。なおその中に、先生の少年時代から我々在日との関わりの交流交際の原点と、その後の心の交流に至る秘話まで語られていた。私はその時、先生の生身の人間像を垣間見た気がし、その姿に

感動し、私に対して贈られた言葉として、これ以上の栄耀があろうかと、ただその玉稿に頓首し言葉を呑んだ次第である。

普段から先生には、古代史学の高名な学者、大家としての幅広い講演に、何時もお世話になり、大ファンの一人として著書を拝読していながら、今回先生の崇高な人格像にあらためて再拝したような心持である。この文を借りてお礼、感謝申し上げたく存じます。

又、私が常々心から敬愛し、その人格に憧れの思いを抱いている、金時鐘先生に申しわけなく恐縮の態である。先生には、疲労困憊の病身をおして序文を頂戴した。返礼することさえ憚り動転している。変り者で偏屈な私に、惜しみない讃辞をくださった。序文では先生御自身の詩論の理念から私の歌を論じられ、自己の運命と意識の中からの歌であり、日本語で培われた自意識の枠から奪胎を目論み、反骨、公憤で秩序に逆らおうとしているが、そこから抜けられなく、嘆き苦しみ、のたうちまわっていると、それゆえ、恨と自憤で自嘲し、内省しながらも、異端たろうとしている。五行歌とは耳馴れない歌であるが、詩形の歌、異形の詩歌なのかと指摘され、私は心の腑内を見抜かれた思いで愕然としている。

私は先生の文章を見て、詩歌とは己《おの》れが解説するものではなく、解説出来るものでもない。又、解説すべきでないと思う。金時鐘先生の御説には、作者さえも気付かず無意識に書き込んでいる情感と心の吐露も鋭く剔り出して来る。まるで胸元に刃物を突き付けられたような心持で言葉を失う。挿し木のようにこの土質で培われて来た日本語の感性が、在日として叛逆主張して生きようとしても抜け切れない、それはなぜなのか。私は異質で、憤り、己れを傷付け、恨が己れの心をより拘泥《こうでい》にしていく、先生教えて下さい、固執する私に。先生の言葉を心にとめ置き、この度の序文にありがたく感謝し、厚くお礼申し上げます。

最後に、解説と編集にあたり、一貫して静謐に助言と協力を頂いた韓丘庸先生、又、駄々を捏《こ》ねたり、難題を仕掛けたり、頑固に拘る著者に辟易しながら校正をくり返し、長い日時を費やし、心労と体汗を厭わず惜しみなく努力奔走して下さった東方出版の今東成人社長にお礼、感謝を申し上げる次第です。

私の心情が読者諸氏に、詩形的に並べてみた五行歌への理解と、この歌を通して少しでも己が生様と心魂を解読願えれば幸いと存じます。

二〇〇八年水無月

宋　在星

宋　在星（SONG JAE SUNG）

1934年、韓国慶尚南道南海島に生まれる。

1937年、母と共に渡日。各地を転住、福井県にて日本の敗戦を迎える。

1950年、京都へ居住、経済活動に入る。

1960年、建設業、不動産業、食品業等の会社設立。以後、経済活動の傍ら在日同胞経済団体の役職に従事。経済金融団体の活動と同時に、地方行政の国際交流、朝・日文化交流会長等歴任。歌劇団、映画交流会後援会長等の文化交流に尽力の傍ら、在日文学同人誌『民涛』『草笛』『群星』等の発行に携わり数多くの詩歌を発表。

1996年、詩集『血の銹』を出版。以後、後進の育成と学会等の研究会やシンポジウムの代表運営に関わる。

五行歌　無窮《むきゅう》の旅《たび》

2008年（平成20年）8月29日　初版第1刷発行

著　者——宋　在星

発行者——今東成人

発行所——東方出版㈱
〒543-0052　大阪市天王寺区大道1-8-15
Tel. 06-6779-9571　Fax. 06-6779-9573

装　丁——上野かおる

印刷所——亜細亜印刷㈱

落丁・乱丁はおとりかえいたします。

ISBN978-4-86249-124-4 C0092